KB103503

옥수수 뻥소니

옥수수 빵소니

박상기 소설 | 정원 그림

창비

팡

차 례

딱!

"아! 너 장난하면 죽는다!"

재준이의 뒤통수를 강타하자, 녀석의 고함과 쌍시옷 소리가 짜릿하게 귓속으로 파고들었다. 장난을 걸었을 때 나오는 최고의 반응이다. 어김없이 녀석이 짧은 다리로 열심히 페달을 밟으며 쫓아왔다. 이렇게 자전거로 신나게 달리면 이십 분 걸리는 하굣길이 금방이다.

"야, 이 뺑소니, 게 섰거라!"

잡히지 않는 나도 대단하지만 이 년째 한결같이 쫓아오는 녀석의 근성도 눈물겹다.

녀석과는 어릴 때부터 친구였는데 교복을 입은 뒤로는 웬만해서 자전거로 지지 않았다. 내 것은 상표 없는 일 단짜리 고물이지만, 녀석의 이십일 단 자전거에 기죽지 않는 이유다.

"삼 단 부스터 발진!"

간격이 좁혀지지 않자 재준이가 내뱉은 말이었다. 유치한 녀석, 그냥 기어를 변속했다고 말할 것이지. 네가 그래서 발전이 없는 거라니까!

헉, 그런데 진짜 거리가 좁혀지잖아? 녀석의 목소리가 점점 가까워졌다.

"잡히면 백 대 처맞는다!"

숨넘어가는 고함 소리에 뒤를 보니 벌써 닿을 듯한 거리였다. 시뻘건 얼굴에 튀어나온 핏줄, 사악하게 웃는 녀석의 얼굴이 꼭 염라대왕 같았다. 이 자식, 오늘따라 무섭네? 발전했잖아!

짜악!

순간 등이 번쩍했다. 따라잡혀 한 대 맞은 것이다. 으아, 등이 불타오른다!

이렇게 된 이상, 체면을 차릴 처지가 아니었다. 나는 일어서서 온몸으로 페달을 밟기 시작했다. 일단짜리 자전거로 녀석에게 맞설 수 있는 최후의 수단이었다.

잠시 재준이와 벌어지는 것 같더니 다시 점점 가까워지기 시작했다. 등은 여전히 화끈거렸다. 또 얻어맞을 생각을 하니 간담이 서늘해졌다. 이건 자존심이 걸린 문제다. 머리고 등짝이고 연신 얻어터지기 전에 나만의 솜씨로 녀석의 코를 납작하게 해 주어야 한다.

다시 내 뒷바퀴와 녀석의 앞바퀴가 마주치려는 찰나, 브레이크를 잡으며 왼쪽으로 급히 꺾었다. 그런데,

빠아아앙!

갑자기 트럭 경적 소리가 뒤통수를 찔렀다. 그와 동시에 끼익 소리가 나며 트럭이 내 옆을 스쳤다. 나는 화들짝 놀라 핸들을 급히 오른쪽으로 틀었다. 하지만 당황한 나머지 너무 크게 꺾고 말았다.

"어어, 야!"

사색이 된 재준이의 목소리와 동시에 나는 보호난간을 들이받고 넘어졌다. 자전거에서 떨어져 데굴데굴 굴렀다. 순식간에 벌어진 일이라 정신이 하나도 없었다.

"학생! 괜찮아?"

쇠뚜껑 깨질 듯이 쨍쨍한 목소리가 멀리서 들려왔다. 어느새 아저씨가 차를 갓길에 세우고 이쪽으로 뛰어오고 있었다. 나는 상체를 일으켜 세웠다.

"일어나지 말고 누워 있어, 학생!"

영양 계란빵
3개 2000원

창피해 죽겠는데 여기에 누워 있으라니. 나는 멀쩡하다는 것을 증명하기 위해 일부러 벌떡 일어섰다. 풀숲에 굴러서 그런지 까진 곳 하나 없었다.

오십 미터를 넘게 뛰어온 아저씨가 헐떡이며 도착했다. 생각보다 덩치가 컸다.

"아픈 데 없니?"

"예."

"어지럽진 않고?"

"괜찮은데요."

질문을 뿌리치려고 반사적으로 짧은 대답이 튀어 나갔다. 재준이가 어느새 내 자전거를 옆에 세워 놓았다. 자전거도 별 이상은 없는 것 같았다.

"그래도 병원에 한번 가 봐야지."

"아, 진짜 괜찮다니까요."

"괜찮은지는 지금 모르는 거야. 내일 되면 아플 수도 있어."

큰 덩치와 달리 순한 인상을 가진 아저씨가 머리를 긁적였다. 그러고는 품에서 휴대 전화를 꺼냈다. 딱 봐도 옛날 폴더폰인데 도금이 벗겨져 무지 낡아 보였다.

"학생, 핸드폰 번호 좀 불러 줘."

이 아저씨가 내 아픈 곳을 건드리다니.

"없는데요."

아저씨가 날 위아래로 쳐다보았다. 중학생인데 핸드폰이 없다고 하니, 거짓말이 아닌지 살피는 눈치였다. 이봐요, 아저씨가 들고 있는 폴더폰이 더 거짓말 같거든요?

"그럼 집 전화번호라도 알려 줘."

나는 마지못해 이름과 번호를 불러 주었다. 아저씨가 번호를 저장하는 데 한참 걸렸다. 나와 재준이는 아저씨의 낡은 핸드폰만 멍하니 바라보았다.

"학생, 여기 잠깐 있어 봐."

아저씨가 트럭으로 냅다 뛰기 시작했다. 트럭까지 오십 미터쯤이니까 왕복 백 미터. 더운 날씨에 아저씨도 고생이다.

"야, 저 아저씨 옥수수 장사하나 본데?"

재준이 말을 듣고서야 트럭에 눈길이 갔다. 핸드폰만큼이나 낡은 일 톤 트럭인데 짐칸을 포장마차로 개조해 쓰고 있었다. 빛바랜 현수막에는 '삶은 옥수수, 영양 계란빵 세 개 이천 원' 이렇게 쓰여 있었다. 아저씨가 다시 헐레벌떡 뛰어왔다.

"헉, 헉……. 학생, 이거 받아."

메모지였다. 아저씨 이름과 핸드폰 번호가 적혀 있었다. 다른 어른들은 폼 나게 명함을 주던데 그런 것도 없나 보다.

"내가 지금 급한 일 때문에 가 봐야 할 것 같아. 학생, 나중에라도 혹시 아프면 이리로 꼭 연락 줘. 알았지?"

아저씨의 쩔쩔매는 표정을 보니 무슨 급한 일이 있는 것 같았다. 나는 속으로 '연락 안 해요!'라고 외치고 입으로는 "네." 하고 말했다.

"꼭 연락 줘!"

아저씨는 손을 귀에 대며 통화하는 시늉을 보이고는 트럭으로 뛰어갔다. 꼭 내가 아파서 전화하길 바라는 것 같다.

"그래도 나쁜 사람은 아니네."

재준이가 자전거에 올라타며 말했다.

"그래, 나쁜 사람은 아니지, 이 나쁜 놈아! 너 때문에 이게 뭐냐."

장난과 원망이 섞인 내 말에 재준이 녀석은 그저 씩 웃었다.

빼익, 우우우웅!

이것은 헤어드라이어 소리가 아니다. 내 컴퓨터 부팅 소리다. 작년에 중학교 입학할 때 학교에서 받은 건데 어디서 이런 할아버지 컴퓨터를 구해다 줬는지 모르겠다. 부팅도 엄청 오래 걸려서, 집에 오자마자 전원 버튼을 누르면 평상복으로 갈아입은 후에야 켜진다.

그래도 웬만한 게임은 다 돌아가고, 인터넷 요금도 학교에서 내 준다. 나는 작년부터 온라인 게임을 실컷 할 수 있게 되었다. 적어도 엄마 아빠가 퇴근하는 일곱 시까지는.

게임할 땐 꼭 타임머신을 타는 것 같다. 가끔씩 시계를 보면 성큼성큼 지나 있는 시간에 깜짝깜짝 놀란다. 일곱 시가 다가오면 점점 속이 쓰리다.

때르르릉 때르르릉.

계속 지다가 모처럼 이기고 있는 이때, 마지막으로 영혼을 불사르던 바로 이 순간에 전화벨이 울렸다. 짜증이 밀려왔다. 그냥 받지 말아 버릴까?

잠깐, 만약 엄마 전화라면? 그랬다가는 난리 날 거다. 지난번처럼 컴퓨터를 창고로 치워 버리는 재난 사태가 벌어질 수도 있다. 치사해도 받아야 한다.

“여보세요.”

“거기, 김현성이라는 애 집 맞습니까?”

아, 쨍쨍한 목소리. 아까 그 옥수수 트럭 아저씨다. 괜히 받았다.

“부모님 아무도 안 계시니?”

“네.”

“언제쯤 들어오셔?”

“몰라요.”

“그럼 부모님 전화번호라도…….”

“일할 땐 못 받으시는데요.”

거짓말이 영 점 이 초 만에 바로바로 튀어 나갔다. 가만 보면 나도 머리가 좋다. 그런데 성적은 왜 그 모양일까.

"집에 가서 보니 다친 데는 없었고?"

아, 이 아저씨 되게 눈치 없네. 내가 수화기를 붙들고 있는 지금, 분신과도 같은 내 캐릭터는 가만히 선 채로 계속 얻어맞고 있단 말이다!

"부모님 오시면 꼭 연락 달라고 전해 줘."

"네!"

투욱.

아저씨 말이 끝나자마자 수화기를 내리꽂듯이 놓아 버리고는 방으로 달려갔다. 내 분신아, 반드시 살아 있어야 한다!

아아…… 젠장. 드러누웠네. 이번 판은 이길 수 있는 절호의 찬스였는데! 날 눕힌 것도 모자라서 내 캐릭터까지 눕혀? 정말로 도움이 안 되는 아저씨다.

팡, 팡, 팡!

같은 물건이 세 개 모이면 터져 없어진다. 이거 스트레스 제대로 풀리는 게임이다.

재준이에게 사정사정해서 스마트폰을 빌렸다. 어제 자기 때문에 사고가 난 것이 미안했는지, 생명과도 같은 물건을 내게 건네줬다. 물론 녀석이 학원을 마치면 돌려주는 조건이었지만.

요새 '팡팡팡'이라는 게임이 유행인데, 나만 스마트폰이 없어서 친구들 대화에 끼질 못했다. 게임을 마스터하는 건 물론, 랭킹까지 올려서 확실히 눈도장을 찍을 작정이었다.

엄마가 시킨 심부름을 하느라 마트로 향하는 길에도 팡팡 연타는 계속되었다. 이십만 점을 넘으면 랭킹에 들 수 있는데 될 듯하면서도 안 됐다. 살짝 약이 오르기 시작했다.

익히 아는 골목이라 앞도 안 보고 계속 게임에 몰두했다. 이제 이 골목길만 지나가면 제법 큰 마트가 나온다.

오만 점, 십만 점, 십오만 점……. 이번 판은 점수 쌓이는 게 예사롭지 않다. 남은 제한 시간은 십 초. 잘하면 랭킹 안에 들 수 있을 것 같다.

오오, 이십만 점! 점점 빠져들었다. 이 공간에 게임 속 물건들과 나만 있는 것 같았다. 경쾌한 효과음이 나의 최고 점수를 예고하는 순간이었다.

바로 그때, 옆에서 불빛이 번쩍했다. 고개를 돌리자마자 검은 자동차가 날 덮쳤다.

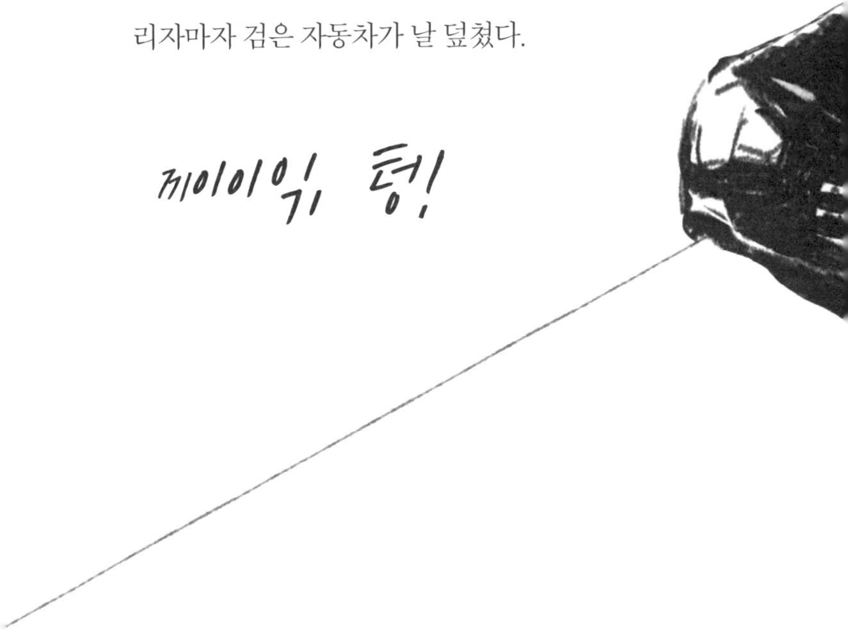

끼이이익, 텅!

굉음과 함께 엄청난 충격이 전해졌다. 하늘과 땅이 몇 번 바뀌었는지 모르겠다. 몸에서 영혼이 분리되는 느낌이었다. 먼지가 얼굴을 덮고 머리는 빙빙 돌았다.

"야, 인마! 어딜 보고 다니는 거야?"

정신을 차려 보니, 선글라스를 쓴 아저씨가 팔짱을 낀 채로 내 앞에 서 있었다. 아, 여기 골목 삼거리였구나.

어제 사고 났는데 오늘 차에 또 치이다니! 나는 창피한 나머지 자리에서 벌떡 일어섰다. 하지만 어제와 달리 핑글핑글 머리가 어지럽고, 다리도 후들거렸다.

그래도 아프다고 말하긴 싫었다.

"아, 저, 괘, 괜찮아요!"

"정말 괜찮아?"

"네, 네!"

선글라스 아저씨는 내 몸을 위아래로 훑어보았다. 까만 안경알 뒤로 무슨 생각을 하고 있는지 알 수가 없었다.

“안 괜찮은 것 같은데?”

“아니에요. 어제도 사고 났는데 멀쩡했어요.”

“뭐? 자랑이다, 인마.”

아저씨가 피식 헛웃음을 내뱉었다.

“네가 잘못한 거 알지? 길을 갈 때는 항상 주변을 살피란 말이야.”

“네.”

여기까지 말한 아저씨가 갑자기 요리조리 주위를 살폈다. 왜 그러나 싶어 나도 주위를 둘러보니 아무도 없었다. 아저씨가 승용차에 급히 타면서 말했다.

“앞으로 조심해라!”

부우웅!

선글라스 아저씨 차가 출발했다. 뭔가 좀 이상했다. 중요한 게 빠진 것 같은데 그게 뭐였더라? 아, 연락처!

이미 출발한 뒤라 늦었다. 그렇다면 차 번호라도 외워 둬야지! 어디 보자, 이십칠 라에, 어어? 방향을 꺾어서 사라졌다. 젠장…….

골목길이 허전해졌다. 기분이 영 찜찜했다. 이제야 팔꿈치랑 옆구리가 쓰라려 오기 시작했다. 이러고 있을 때가 아닌데. 재준이 스마트폰은 어디 있지?

나는 어둑어둑해진 골목길을 휘휘 둘러보며 떨어뜨린 스마트폰이 어디 있는지 살폈다. 저기 있네! 생각보다 금방 찾았다.

그런데…….

망했다. 재준이의 스마트폰 액정에 대각선으로 금이 쫙 가 버렸다. 이제 어떡하지? 이거 수리비 장난 아닐 텐데. 이번 주 정말 재수 옴 붙었다.

집에 와서 옷을 벗어 보니 역시나 옆구리가 넓게 까져 피가 묻어 나왔다. 그런데 살갗보다도 마음이 쓰라려 죽겠다. 이거 아빠한테 얘기하면 맞아 죽을 거다.

선글라스 아저씨도 진짜 황당하다. 왜 나한테만 그러지? 자기도 조심하지 않았잖아! 괜찮은 척했다고 그냥 가면 어떡해? 생각하면 할수록 짜증났다.

깨진 스마트폰과 얄미운 선글라스 아저씨가 번갈아 내 마음을 후벼 팠다. 그럴수록 힘이 빠졌다. 독해야 손해를 안 본다는 아빠 말이 맞는 것 같았다.

어떻게 해야 할지 생각해 보았다. 차 번호를 몰라서 경찰서에 신고해 봐야 별 소용이 없을 것 같았다. 그러면 '교통사고 목격자를 찾습니다.'라고 써 붙이는 방법이 있는데, 주변에 아무도 없었다는 사실이 문제였다. 게다가 내가 많이 다친 것도 아니고……. 생각하면 할수록 골치 아팠다.

나는 온갖 잡생각을 하며 몸을 다 씻고 수건을 두른 채 부엌으로 나왔다. 식탁 위에 쫙 깨진 스마트폰이 보였다. 다시금 정신이 아찔해졌다. 날 보고 "책임져!"라고 외치는 것 같았다.

책임질 사람은 도망갔는데 나더러 어쩌라는 건지 모르겠다. 이대로 나만 덤터기 쓸 수는 없었다. 나도 당한 만큼 돌려줘야 직성이 풀릴 것 같았다. 그렇다면…….

그 순간, 어떤 생각이 번쩍 떠올랐다. 나는 조심스레 교복 바지의 뒷주머니를 뒤졌다. 두 번 접힌 메모지가 나왔다. 펼쳐 보니 옥수수 아저씨의 연락처가 보였다. 침을 꿀꺽 삼켰다.

다시 깨진 스마트폰을 바라보았다. 누군가에게 보상받지 못하면 내가 물어 줘야 한다. 이 사실을 떠올리자 망설임이 줄어들었다. 나는 집 전화로 옥수수 아저씨의 번호를 하나씩 누르기 시작했다. 손가락이 미미하게 떨렸다.

뚜루루루 뚜루루루.

신호가 가는 동안 나는 연거푸 심호흡을 했다.

“여보세요.”

“아…… 아저씨, 전데요.”

내 말 뒤에 잠시 침묵이 흘렀다. 곧이어 쨍쨍한 목소리가 들렸다.

“오! 어제 자전거 탔던 학생?”

“……네.”

“무슨 일이야? 많이 아파?”

“그게, 저…….”

“왜 그래? 아프면 솔직히 말해.”

아저씨의 재촉이 서글펐다. 나는 액정의 균열을 바라본 채 입술을 악물었다.

“저…… 나중에 알았는데요. 집에 와서 보니 핸드폰이 깨져 있었어요.”

“뭐라고? 학생, 핸드폰 없다며?”

“그러니까, 친구 건데요. 제 가방에 있었어요. 어제 보셨죠? 저랑…….”

“아아, 같이 자전거 탔던 친구?”

“네, 네에.”

다시 정적이 흘렀다. 내 말을 듣고 지금 무슨 생각 중일까? 가슴이 마구 뛴다. 아저씨가 잠시 후에 한마디 했다.

“몸은 이상 없고?”

“네에. 살짝 까져서 쓰라리긴 한데, 이 정도는…… 하하.”

으윽, 왠지 말투가 비굴하게 나갔다. 이러다 의심받는 건 아니겠지.

"그래, 아저씨가 일 마치는 대로 들를게. 학생 주소가 어떻게 되지?"

나는 아저씨에게 고분고분 집 주소를 불러 주었다.

"야 인마, 너는 맨날 게임질이냐?"

깜짝 놀랐다. 우리 엄마 아빠 인기척이 없어서 늘 게임하다 들키고 만다. 자동차가 있으면 그 소리로 알아듣겠는데, 그냥 들이닥친다. 초인종 있는 우아한 집에서 살고 싶다.

"이번 판만 하고 끝내려고 했어요."

사실이었다. 일곱 시부터 시작하는 판은 무조건 마지막 판이다. 끝나도 부모님이 안 오니까 자꾸 번복돼서 그렇지만.

"어머나! 이게 뭐야?"

화장실에서 화들짝 놀란 엄마의 목소리가 들렸다. 생각해 보니 아까 피 묻은 러닝셔츠를 대야에 담가 놓고 그냥 나왔다. 놀랄 만했겠다.

"김현성!"

"아, 왜!"

"이거 어쩌다 이런 거야?"

벽 하나를 건너 들려오는 엄마 말투에 가시가 있었다. 날 위한다기보다는 어디서 칠칠맞지 못하게 굴다가 다쳤느냐고 묻는 것 같았다. 순간 신경질이 났다.

"나, 차에 치였거든! 그 정도만 다친 걸 다행인 줄 알아."

나는 과시하듯이 말했다.

"도대체가 아들이 다쳤다는데 걱정을 안 해요, 걱정을."

그때, 아빠가 부엌에서 튀어나왔다.

"뭐, 뭐 인마! 차에 치였다고?"

이건 무슨 상황이지. 뭔가 분위기가 이상했다. 엄마도 심각한 얼굴로 물어봤다.

"언제 그랬어?"

오늘이라고 하면 이따 오는 옥수수 트럭 아저씨가 설명이 안 되는데.

"어, 어제."

"어제? 그런데 왜 얘기 안 했어, 인마!"

아빠 목소리가 더 높아졌다. 풀 수 없는 매듭이 마구 엉키는 느낌이 들었다.

"어젠 참을 만했는데……."

"참을 게 따로 있지. 차 사고 난 걸 하루 지나도록 말 안 하면 어떡해!"

엄마가 인상을 잔뜩 찌푸렸다.

아빠가 얼음장 같은 목소리로 내게 물었다.

"누가 그랬어?"

차마 옥수수 트럭 아저씨라고 내 입으로 덮어씌울 수가 없었다.

"누가 그랬냐고!"

천장이 들썩일 정도로 큰 고함에 내 몸이 바짝 쪼그라들었다.

"이따 일 마치고 들른다고 했어요."

"뭐? 일을 마치고 와? 뺑소니 새끼가 어디 사람 목숨 귀한 줄 모르고!"

착한 아저씨한테 빵소니 새끼라니.

"온다고 했으니까 그러지 마요."

아빠가 내 변호에 아랑곳없이 씩씩거렸다. 그러고 나서 잠시 후였다.

똑똑똑.

"계십니까?"

쨍쨍한 목소리, 옥수수 트럭 아저씨다. 하필 이 순간에! 타이밍이 안 좋은 쪽으로는 최고다. 엄마가 문을 열었다.

"이 사람이야?"

아빠는 눈을 번뜩이며 내게 물었다. 나는 차마 말로는 대답하지 못하고 고개만 끄덕였다. 아빠가 곧장 총알처럼 튀어 나가 아저씨의 멱살을 잡았다.

"야, 이 새끼야! 사람을 쳤으면 바로 병원에 데려갔어야 할 것 아냐!"

"아, 저……."

아저씨는 크게 당황해서 뭔가 말하려고 했다. 하지만 아빤 틈을 주지 않았다.

"피 묻은 옷을 애 혼자 빨게 놔둬? 콩밥 먹을 줄 알아, 이 뺑소니 새끼야."

아저씨를 감싸 주고 싶었지만 입이 떨어지지 않았다. 멱살 잡힌 아저씨가 날 봤다. 나는 외면했다.

결국 나는 입원했다. 난생처음이었다.

팔다리가 부러지거나 심각한 병일 때만 입원하는 줄 알았다. 그런데 전치 이 주로 드러누웠다. 몸이 멀쩡한데도 말이다. 이 정도가 입원이면 지금까지 백 번도 넘게 했어야 한다.

아빠는 어젯밤 무조건 날 입원시키면서 당분간 꼼짝 않고 누워 있으라고 했다. 황금 주말이 다 날아갔다. 깁스도 없이 입원이라니 왠지 폼이 안 난다.

똑똑똑.

병실 문이 열렸다. 안에 있던 환자들이 모두 쳐다보았다. 친구 재준이였다.

"여어, 왔냐."

"어. 너희 부모님은?"

"나갔지. 주말에도 바쁘시잖냐."

그 말에 재준이가 반색하며 내 옆에 앉아 촐싹거리기 시작했다.

"너 입원까지 할 정도였냐?"

"아니, 조금 다쳤어. 나도 쪽팔리고 답답해 죽겠다, 야."

나랑 재준이는 그 뒤로 한참을 노닥거렸다. 그렇게 십 분쯤 지났을까.

"야."

재준이 목소리가 심각해졌다. 나는 녀석이 본론을 말할 것을 눈치챘다.

"십오만 원 나왔다."

"뭐가? 스마트폰 수리비가?"

재준이는 고개만 끄덕거렸다. 친구인 나한테 그 돈을 달라고 차마 입으로 말하지 못할 뿐이었다. 녀석은 우리 집 형편을 뻔히 다 알았다.

"야, 걱정하지 마. 물어 줄게!"

말은 이렇게 했지만 솔직히 나도 내 돈으로 물어 줄 엄두가 나지 않았다. 십오만 원이 뉘 집 똥개 이름도 아니고.

재준이 녀석은 볼일이 끝나자 일어섰다.

"푹 쉬고, 월요일에 못 나오면 얘기해라. 내가 선생님한테 말해 줄게."

"다음엔 먹을 것 좀 사 와라, 인마."

내가 작별 인사 대신 쏘아붙이자, 녀석이 씩 웃고는 사라졌다.

십오만 원을 어떻게 해결해야 할까. 나는 침대에 앉아 고민했다. 그때 바로 옆에 누워 있던 할아버지가 말을 걸었다.

"학생은 운동하다 다쳤남?"

"아뇨, 교통사고요."

"그럼 꼼짝 말고 누워 있어야 혀. 그래야 합의금도 받는 거여."

순간 귀가 번쩍 뜨였다.

"합의금요?"

"고럼, 학생 일주일만 누워 있으면 오십만 원 넘게 받어."

아빠한테는 듣지 못했던 말이었다. 나는 궁금한 것을 더 물어보았다.

"그럼 이 주 동안 입원하면요?"

할아버지는 전문가라도 된 양 진지하게 인상을 찌푸렸다.

"뭐, 백만 원 가까이 받겠네."

백만 원! 머리가 띵해졌다. 그 돈이면 재준이 수리비를 갚고도 많이 남는다. 고물 컴퓨터를 최신형으로 바꿀 수도 있겠다. 아니면 스마트폰을 장만할까?

그때 맞은편에 있던 대학생 형이 할아버지의 말에 딴죽을 걸었다.

"에이, 그건 직장인 얘기죠. 재는 학생이라 빨리 퇴원해야 돈 더 줘요."

나랑 똑같이 교통사고로 입원한 형이었다. 아마도 더 잘 알 것 같았다.

"아, 그게 그런가? 어째 그런 겨?"

할아버지와 대학생 형의 반쯤 알 수 없는 이야기가 오갔다. 분명한 건 드러누우면 일단 합의금이 나온다는 사실이었다. 나머지는 아빠가 알아서 하실 거였다.

딱딱했던 침대가 푹신하게 느껴졌다. 이 주일쯤 너끈히 버틸 수 있을 것 같았다. 학교도 안 가고 일석이조였다. 당장 핸드폰 대리점으로 달려가고 싶었다. 괜스레 미소가 지어졌다.

똑똑똑.

백만 원의 환상에 빠져 한참을 허우적거리던 그때, 노크 소리와 함께 병실 문이 열렸다. 환자들이 모두 쳐다보았다.

촌스러운 옷차림, 커다란 덩치, 순한 얼굴. 다름 아닌 옥수수 트럭 아저씨였다!

아저씨가 입가에만 미소를 띤 채로 내 옆에 섰다. 나도 모르게 시선을 피했다. 눈을 마주칠 수 없었다. 어젯밤 멱살을 잡혔던 아저씨의 모습이 떠올랐다. 갑자기 공기가 답답해졌다.

"많이 괜찮아졌니?"

"네."

아저씨가 물끄러미 날 바라보다가 검은 봉지를 내밀었다.

"자, 출출할 때 먹어."

꾸벅 인사하고 받아 보니 뜨끈뜨끈했다. 아무래도 옥수수 같았다. 아저씨는 계속 겸연쩍게 웃고만 있었다.

"학생, 미안해."

"네?"

"그저께 바로 병원으로 데려갔어야 했는데 그러질 못했어."

"아, 아니에요!"

"내 머리가 어떻게 됐었나 봐. 미안해."

자기가 진짜 뺑소니를 친 것처럼 말했다. 어쩌면 잘된 건지도 몰랐다.

그리고 한동안 침묵이 흘렀다. 서로 아무 말도 않고 있으니 무척 어색했다.

삐리리리 삐리리리.

그때 마침 아저씨의 핸드폰이 울렸다. 아저씨가 낡디낡은 핸드폰을 꺼냈다.

"어, 여보."

부인인 것 같았다. 통화를 나누는 아저씨 말투엔 다정함과 다급함이 섞여 있었다.

"뭐라고?"

갑자기 아저씨가 당황해하면서 주위의 눈치를 살폈다. 나와도 눈이 한 번 마주쳤다. 내게 잠시 기다려 달라고 눈짓하고는 병실 바깥으로 나갔다. 무슨 일인지 살짝 궁금해졌다.

일 분쯤 지났을까. 옆의 할아버지가 담배와 링거를 들고 어슬렁어슬렁 병실 밖으로 나갔다. 에어컨 틀었는데 문을 안 닫았다. 아, 저 할아버지 진짜…….

복도의 어수선한 잡음이 크게 들려오기 시작했다. 다른 환자들은 아무도 신경 쓰지 않는 분위기였다. 나는 눈살을 찌푸리며 문 열린 쪽을 바라보았다.

아저씨가 보였다. 문 옆에 뒤돌아서서 굳은 자세로 통화하고 있었다.

뒷모습을 보니 핸드폰만 낡은 게 아니었다. 빛바래고 목이 늘어난 티셔츠, 쭈글쭈글하고 헐렁한 반바지, 낡은 운동화를 구겨 신은 모습…….

주의를 기울이자 쨍쨍한 아저씨 목소리도 간간이 들리기 시작했다. 어느 순간 '중환자실'이라는 말이 들렸다. 뒤이어 '산소 호흡기'도 알아들었다. 이거 설마 내 얘기는 아니겠지?

여기까지 파악했을 때 아저씨가 통화를 끝내고 다시 병실로 들어왔다. 나는 텔레비전을 보는 척하다 아저씨가 다가올 때 자연스럽게 쳐다보았다.

아저씨 표정이 아까보다 더 어두워졌다.

"학생, 미안한데 오래 못 있겠어."

"왜요, 무슨 일 있어요?"

아저씨는 탄식이 섞인 한숨을 뱉었다.

"늦둥이 아기가 있는데, 많이 아파."

"아…… 아기요? 어디가 아픈데요?"

"천식. 응급실 자주 가는데, 이번엔 심각한가 봐. 방금 중환자실로 옮겼대."

"……."

"사실, 학생이랑 사고 났을 때가 아기 상태 심각하대서 장사 접고 달려가던 참이었어. 그땐 너무 정신없어서 연락처만 남겼던 거야."

아저씨의 말에 아무런 대꾸도 할 수가 없었다. 갑자기 머리가 혼란스러웠다. 왠지 선글라스 아저씨가 이 광경을 봤다면 나를 실컷 비웃을 것 같았다.

"학생 이름이 현성이라고 했지?"

"네? 아, 네."

"현성아, 아빠한테 잘 좀 말해 줘. 아까 오면서 통화했는데, 나를 뺑소니로 고소하겠대. 내가 그래도 노력했잖니?"

"……네, 맞아요."

이 아저씨가 뺑소니라니. 아빠는 한술 더 뜨고 있었다. 서글프게 웃는 아저씨를 보니 내 마음이 아려 오기 시작했다.

아저씨가 주머니를 주섬주섬 뒤지고는 무언가를 꺼내어 내게 내밀었다.

"급하게 오느라 음료수도 못 사 왔네. 나중에 맛있는 거라도 사 먹어."

만 원짜리 지폐였다. 그것도 땀에 절어 쭈글쭈글 시든 배추 잎이었다.

"아, 아니에요. 괜찮아요!"

"괜찮긴, 어서 받아."

아저씨가 뿌리치는 내 손을 꼭 붙잡고는 손바닥에 만 원을 쥐여 주었다. 나는 잡힌 손을 어색하게 바라보았다.

그런데 이상했다. 아저씨가 그 상태로 한참 동안 내 손을 놓아 주질 않는다.

"우리 아들 도원이가 이렇게 건강하게만 자라 주면 소원이 없겠는데……."

이 말을 하고 나서야 꼭 잡았던 손을 놓아 주었다. 평소라면 짜증 냈을 텐데, 시름에 깊이 잠긴 목소리 때문에 그럴 수가 없었다. 내 손엔 아직 아저씨의 따뜻한 기운이 남아 있었다.

"몸조리 잘하고 나중에 또 보자."

아저씨가 순박하게 웃으며 손을 흔들었다. 나는 그저 말없이 고개만 꾸벅했다.

아저씨의 인기척이 완전히 사라진 뒤에, 검은 봉지를 열어 보았다. 안에 옥수수와 계란빵이 가득 들어 있었다. 그중에서 가장 먹음직스러워 보이는 옥수수를 꺼내 들었다. 손에 쥐어 보니 뜨끈뜨끈했다. 내 손바닥을 꼬옥 잡아 줬던 아저씨의 손과 느낌이 비슷했다.

옥수수를 한 입 베어 먹어 보았다. 차지고 쫄깃쫄깃한 옥수수 알갱이가 입 안에서 돌아다녔다. 달콤하고 고소했다.

문득 아저씨의 허름했던 뒷모습이 떠올랐다. 그러자 아저씨가 생계를 꾸려 나가는 모습이 자연스럽게 그려졌다.

오늘도 나가서 열심히 옥수수를 팔겠지. 늦둥이 병원비 마련하느라 자기는 옷이나 신발도 못 샀을 거다. 당연히 스마트폰은 꿈도 못 꾸고.

또 다른 내 손엔 만 원짜리 한 장이 들려 있었다. 꼬깃꼬깃 볼품없는 지폐였다. 아저씨가 옥수수 몇 개를 팔아야 이걸 버는 걸까? 오늘도 여기저기 수습하느라 하나도 못 판 건 아닐까? 점점 입 안의 옥수수 감촉이 불편해졌다.

어쩌면 지금 나는 옥수수가 아닌, 가진 것 없는 아저씨의 살점을 뜯었는지도 모른다.

정신이 번쩍 들었다. 주위를 한번 둘러보았다. 이 병실에는 아파서 들어온 환자만 있는 게 아니었다. 안 그러면 대학생 형이 저렇게 병실을 자주 비울 리가 없었다. 그런데 돌아와 환자복만 입으면 신기하게도 죽은 사람처럼 누워 있었다.

그건 나도 마찬가지였다. 나 역시 죽어 있었다. 그 대가로 백만 원을 받는 것이었다. 한번 죽은 척하고 성능 좋은 컴퓨터와 멋진 스마트폰을 장만할 계획이었다.

그런데 정말 죽을지도 모르는 사람이 생각났다. 옥수수 아저씨의 늦둥이 아기였다. 산소 호흡기를 쓰고 힘겹게 숨 쉬는 그 녀석은 진짜였다. 내 손에 들린 옥수수는 아직 따뜻했다.

나는 곧바로 자리에서 일어났다. 그리고 재빨리 평상복으로 갈아입었다.

밖으로 급하게 뛰어가다가 복도에서 옆자리 할아버지와 마주쳤다.

"학생, 어디 가는 겨?"

나는 들은 체도 하지 않고 계속 달려 병동 밖으로 뛰쳐나왔다.

옥수수 아저씨, 선글라스 개새끼, 부모님, 재준이가 번갈아 떠올랐다. 미쳐 버릴 것같이 숨이 가빴다. 누구든 먼저 마주치면 이 기분을 다 쏟아 낼 것이다.

내 손이 뜨겁게 달아올랐을 즈음, 저 멀리 빛바랜 현수막이 눈에 들어왔다.

'삶은 옥수수, 영양 계란빵 세 개 이천 원.'

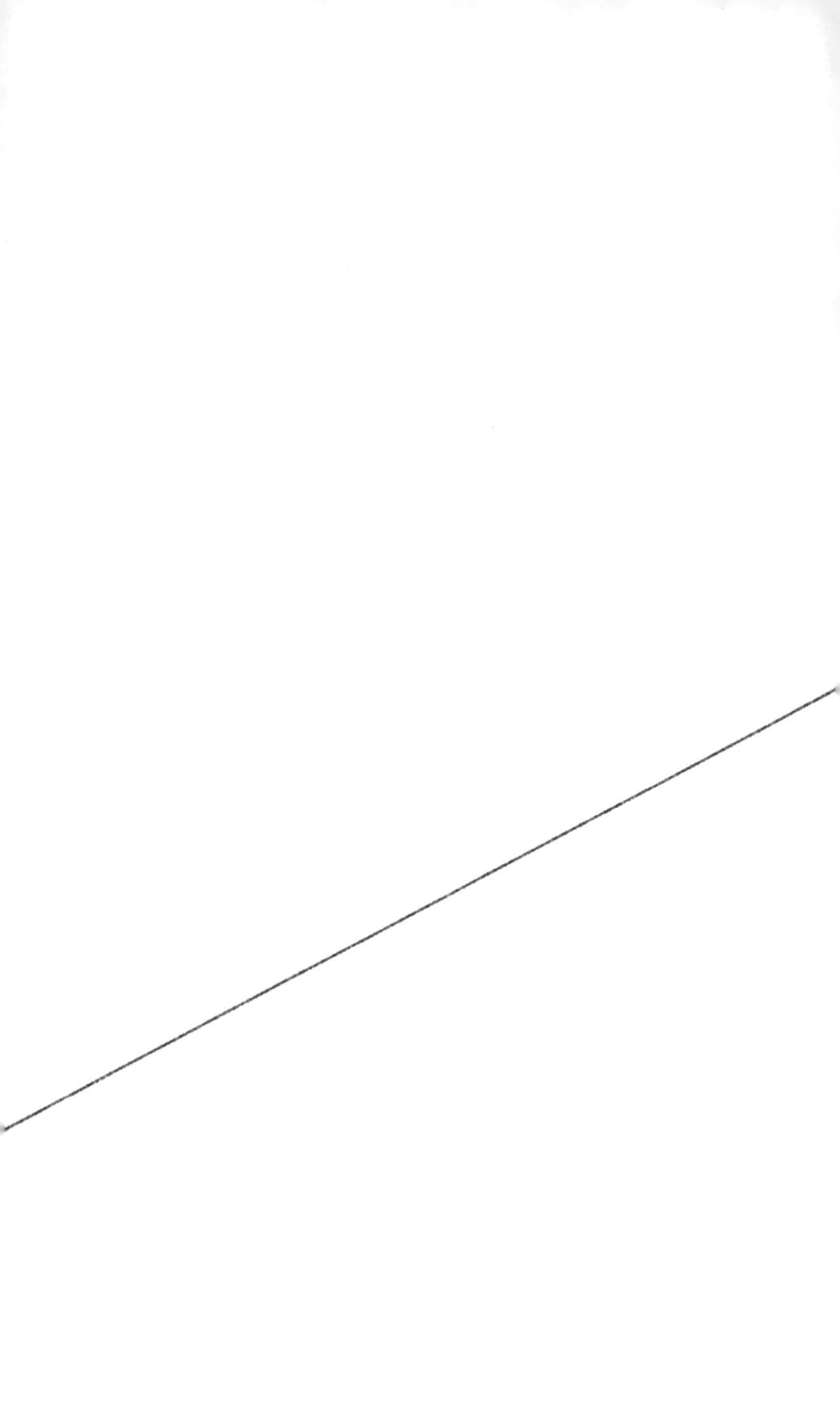

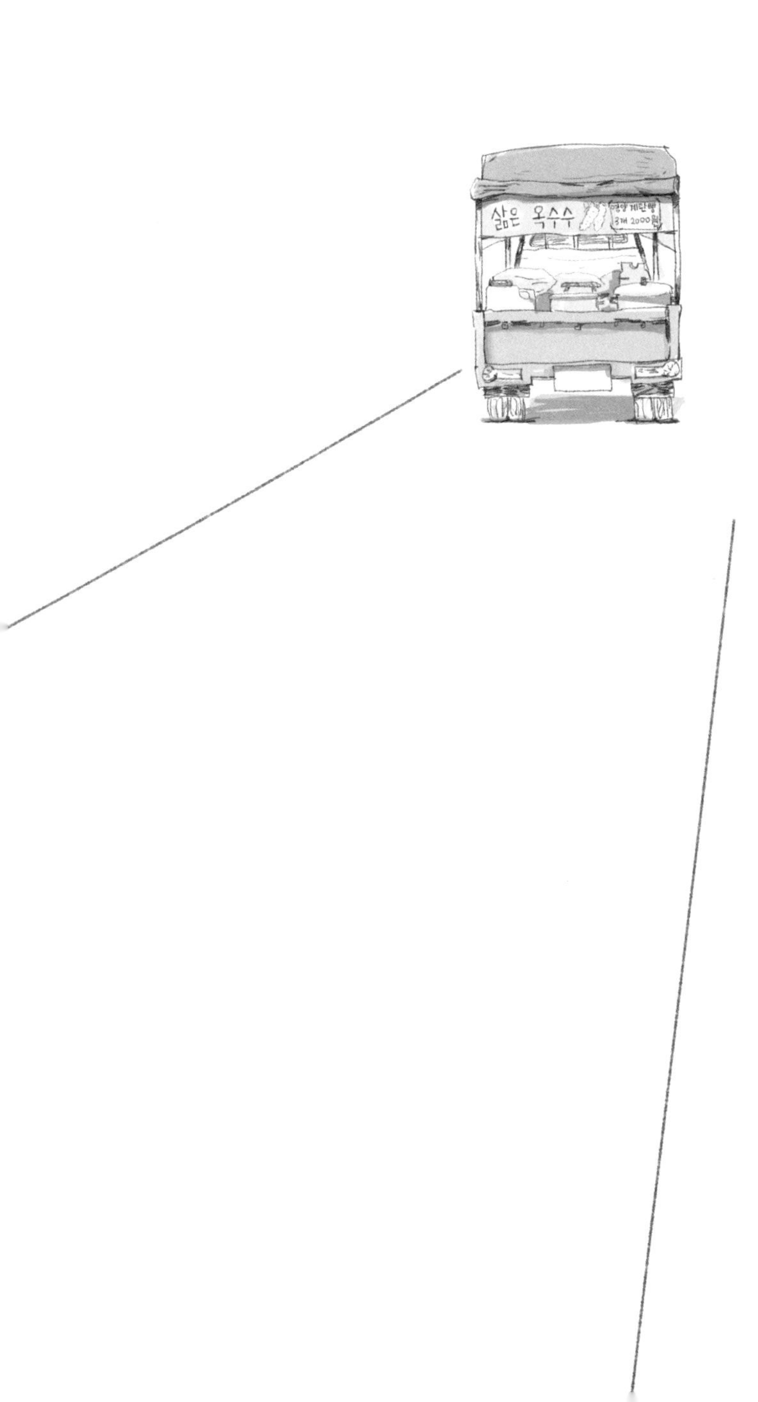
삶은 옥수수
영양 계란빵
3개 2000원

작가의 말

박상기

'뺑소니'라는 게 교통사고에만
해당하는 말은 아니더군요.
그래서 생각해 봤습니다.
삶의 수많은 선택 가운데 나는 뺑소니치지 않았나.
인생의 운전자인 여러분은 어떤가요?

추천의 말

책과 멀어진 친구들을 위한 마중물 독서

수업 시간 대부분을 잠으로 보내거나 수다로 보내는 많은 학생들을 떠올립니다. 그런데 글쎄, 어떤 친구들은 수업 시간에 추천한 책을 사서 며칠 만에 다 읽고, 친구들과도 함께 읽고 싶다면서 학급 문고에 기부를 합니다. 스스로 책을 사서 자발적으로 읽는 게 흔한 풍경은 아닌데, 그렇게 예쁜 모습을 보이니 선생님도 신이 나서 칭찬을 많이 해 주었습니다.

독서에 흥미를 붙이면 삶을 아름답게 꾸며 나갈 수 있다고 이야기해 주었습니다.

그러나 이런 풍경이 흔하지는 않습니다. 어릴 적에는 부모님께 같은 책을 여러 번 읽어 달라고 조르기도 하고, 그 이야기 속에서 상상의 나래를 펼쳤던 아이들이 청소년기에 접어들면서부터는 이제 책 읽기가 싫다고 말합니다. 몇 해 전부터는 학교 현장에서 소설 한 편 읽기를 하고 나면, 이렇게 긴 글은 처음 읽어 봤다는 반응이 나옵니다. 그럴 때마다 교사로서 씁쓸한 마음이 듭니다.

'소설의 첫 만남' 시리즈는 이런 현실에 돌파구가 되어 줄 만한 새로운 청소년소설 시리즈입니다. 국어 교사들이 머리를 맞대고 동화책에서 소설로 향하는 가교 역할을 해 줄 만하며 문학적으로 완성도가 높고 흥미로운 작품을 엄선하여 꾸렸습니다. 책이

게임이나 웹툰보다 재미없다고 생각하는 학생들, 독해력이 다소 부족한 학생들도 '소설의 첫 만남' 시리즈를 통해서라면 문학의 감동과 책 읽기의 즐거움을 새롭게 경험할 수 있을 것입니다. 무엇보다 재미있습니다. 부담이 적습니다. 한 시간 정도면 충분히 읽을 수 있는 짧은 분량과 매력적인 일러스트 덕분에, 책과 잠시 멀어졌던 청소년들도 소설을 읽는 즐거운 '첫 만남'을 가져 볼 수 있습니다.

문학은 힘들고 지칠 때 위로를 건네고, 어떻게 살아야 하는지 지혜를 전하며, 다양한 삶의 가치를 일깨워 주는 보물이라고 믿습니다. '소설의 첫 만남' 시리즈를 통해 청소년들은 때로는 자신이 주인공이 되고, 때로는 주인공의 친구가 되는 듯한 몰입을 경험하면서 문학이 주는 재미와 기쁨을 마음껏 누릴 수 있을 것입니다.

우리 친구들이 소설 작품에 대해 재미있게 이야기하는 멋진 풍경을 기대하니 마음이 설렙니다. 스마트폰에 시선을 빼앗긴 채 이것저것 기웃거리면서 '대충 보기'에 익숙해진 학생들, 긴 글 읽기에 익숙하지 않아 책 앞에서 주리를 트는 학생들, "초등학교 4학년 이후로 책을 읽어 본 적이 없다."라고 고백하는 '독포자'들을 위해 기꺼이 추천합니다.

"얘들아, 이제 재미있게 읽자!"

'소설의 첫 만남' 자문위원

서덕희(경기 광교고 국어교사)

신병준(경기 삼괴중 국어교사)

최은영(경기 미사강변고 국어교사)

소설의 첫 만남 04

옥수수 뺑소니

초판 1쇄 발행 | 2017년 7월 10일
초판 17쇄 발행 | 2024년 6월 3일

지은이 | 박상기
그린이 | 정원
펴낸이 | 염종선
책임편집 | 김영선 정소영
조판 | 박지현
펴낸곳 | (주)창비
등록 | 1986년 8월 5일 제85호
주소 | 10881 경기도 파주시 회동길 184
전화 | 031-955-3333
팩시밀리 | 영업 031-955-3399 편집 031-955-3400
홈페이지 | www.changbi.com
전자우편 | ya@changbi.com

ISBN 978-89-364-5858-4 44810
ISBN 978-89-364-5973-4 (세트)